El papá de David

El papá de David

escrito por Robert Munsch
ilustrado por Michael Martchenko

annick press

toronto • new york • vancouver

séptima impresión, Junio 2011

Annick Press Ltd.

Agradecemos la ayuda prestada por el Consejo de Artes de Canadá (Canada Council for the Arts), el Consejo de Artes de Ontario (Ontario Arts Council) y el Gobierno de Canadá (Government of Canada) a través del programa Canada Book Fund (CBF) para nuestras actividades editoriales.

ONTARIO ARTS COUNCIL
CONSEIL DES ARTS DE L'ONTARIO

Cataloging in Publication

Munsch, Robert N., 1945-
[David's Father. Spanish]
   El papá de David

Translation of: David's Father.
ISBN 978-1-55037-096-6

   I. Martchenko, Michael II. Title III. Title: David's Father. Spanish.

PS8576.U58D3916 1990   jC813'.54   C89-95454-2
PZ7.M86Pa 1990

Distribuido en Canadá por:
Firefly Books Ltd.
66 Leek Crescent
Richmond Hill, ON
L4B 1H1

Publicado en U.S.A. por Annick Press (U.S.) Ltd.
Distribuido en U.S.A. por:
Firefly Books (U.S.) Inc.
P.O. Box 1338, Ellicott Station
Buffalo, NY 14205

Printed and bound in China.

Visítenos en www.annickpress.com

A Julie

Julia regresaba brincando de la escuela a su casa. Se encontró con un camión de mudanzas. Un hombre salió cargando una cuchara —pero una cuchara tan grande como una pala. Otro hombre salió cargando un tenedor —pero un tenedor tan grande como una horquilla. Un tercero salió cargando un cuchillo —pero un cuchillo tan grande como un asta de bandera.

—¡Dios mío! —dijo Julia—. No quiero ni conocer a esta gente.

Volvió a casa corriendo y se metió debajo de la cama donde se quedó hasta la hora de cenar.

Al día siguiente Julia regresaba brincando de la escuela a su casa. Se encontró con un muchacho donde había estado el camión de mudanzas. El dijo:
—Hola. Yo me llamo David. ¿Quieres jugar conmigo?
Julia lo miró de pies a cabeza. Le pareció un muchacho de lo más normal y se quedó a jugar.

A las cinco una voz llamó:

—Julia. . .a comer.

—Es mi mamá que me llama —dijo Julia.

Luego alguien llamó:

—DAAAVIIID

—Llama mi papá —dijo David.

Julia saltó del susto, dió tres vueltas en el aire y corrió a su casa. Se encerró en su cuarto hasta la mañana a la hora del desayuno.

Al diá siguiente Julia volvía a casa brincando cuando vio a David otra vez.

—Hola, Julia. ¿Quieres jugar? —le preguntó.

Julia lo miró de arriba a abajo una y otra vez. Le pareció un muchacho de lo más normal, y se quedó a jugar. Cuando eran casi las cinco, David le dijo:

—Quédate a comer, Julia.

Pero Julia recordó el cuchillo, el tenedor y la cuchara gigantes.

—No sé. . . —dijo Julia—. No me parece una buena idea. Mejor no, mejor me voy. Adiós, adiós.

—¿Estás segura?, —dijo David— porque hay hamburguesas con queso, batidos de chocolate y ensalada.

—¡No me digas! —dijo Julia—. Me encantan las hamburguesas con queso. Está bien. Me quedo.

Entonces se fueron a la cocina. Allí había una mesita, y encima encontraron hamburguesas con queso, batidos y ensalada. Al otro lado de la cocina había una mesa enorme. Encima había una cuchara tan grande como una pala, un tenedor tan grande como una horquilla y un cuchillo tan grande como un asta de bandera.

—David —murmuró Julia—, ¿quién se sienta allí?

—¿Allí? Oh, allí se sienta mi papá —dijo David—. Escucha, ya viene. El paso del papá de David sonaba así:

bruuuum bruuuum bruuuum

La puerta se abrió. El papá de David era un gigante. Encima de su mesa había 26 caracoles, tres pulpos fritos y 16 ladrillos recubiertos de chocolate.

David y Julia comieron las hamburguesas con queso y el papá comió los caracoles. David y Julia tomaron los batidos y el papá comió los pulpos fritos. David y Julia comieron las ensaladas y el papá comió los ladrillos recubiertos de chocolate.

El papá de David le preguntó a Julia si no le gustaría probar un caracol. Julia dijo que no. El papá de David le preguntó si no le gustaría probar un pulpo. Julia dijo que no. Luego el papá de David le preguntó si no le gustaría probar un delicioso ladrillo recubierto de chocolate. Julia dijo que no, y preguntó:

—¿Puedo tomar otro batido?

Entonces el papá le preparó otro batido.

Cuando terminaron de comer, Julia le dijo a David, suavecito para que no oyera el papá:

—David, tú no te pareces nada a tu papá.

—Es porque soy adoptado —dijo David.

—Ahhh, —dijo Julia—. Y díme, ¿quieres a tu papá?

—¡Es formidable! —dijo David—. Ven a pasear y verás.

Entonces salieron a pasear. Julia y David iban brincando, y el papá hacía

bruuum bruuum bruuum.

Llegaron a una calle, pero no podían cruzar. Los automóviles no dejaban cruzar a David. Los automóviles no dejaban cruzar a Julia. El papá se paró en el centro de la calle, miró a los automóviles y gritó:

¡alto!

Todos los automóviles saltaron del susto, dieron tres vueltas en el aire y al fin volvieron a irse por donde habían venido, y tan rápido que dejaron las ruedas atrás.

Julia y David cruzaron la calle y entraron en una tienda. Al patrón de la tienda no le gustaba atender niños. Esperaron 5, 10, 15 minutos. El papá de David entró. Miró al patrón y dijo:

—Estos niños son mis amigos.

El hombre saltó al aire del susto, corrió alrededor de la tienda tres veces y les dió a Julia y a David 3 cubos de helados, 11 cartuchos de papitas fritas y 19 paquetitos de caramelos, todo gratis. Julia y David siguieron su paseo. Llegaron a una esquina y doblaron.

Se encontraron con seis muchachos grandes del octavo grado parados en el medio de la acera. Miraron a David. Miraron a Julia y miraron la comida. Entonces, uno de los muchachos grandes alargó la mano y arrebató una caja de helados. El papá de David dobló la esquina. Vio a los muchachos grandes y gritó:

¡larguense!

Del susto saltaron fuera de las camisas. Saltaron fuera de los pantalones y se fueron corriendo calle abajo en calzoncillos. Julia los persiguió, pero se cayó y se raspó el codo.

El papá de David la levantó y la sostuvó en su mano. Luego le puso una venda especial gigante en el codo lastimado.

Julia dijo:

—¿Sabes David?, después de todo tu papá es realmente simpático, pero todavía me da un poco de miedo.

—¿Mi papá te da miedo? —dijo David—. Espera a que veas a mi abuela.

The Munsch for Kids series

The Dark
Mud Puddle
The Paper Bag Princess
The Boy in the Drawer
Jonathan Cleaned Up, Then He Heard a Sound
Murmel, Murmel, Murmel
Millicent and the Wind
Mortimer
The Fire Station
Angela's Airplane
David's Father
Thomas' Snowsuit
50 Below Zero
I Have to Go!
Moira's Birthday
A Promise is a Promise
Pigs
Something Good
Show and Tell
Purple, Green and Yellow
Wait and See
Where is Gah-Ning?
From Far Away
Stephanie's Ponytail
Munschworks: The First Munsch Collection
Munschworks 2: The Second Munsch Treasury
Munschworks 3: The Third Munsch Treasury
Munschworks 4: The Fourth Munsch Treasury
The Munschworks Grand Treasury
Munsch Mini-Treasury One
Munsch Mini-Treasury Two

Libros de la serie Munsch for Kids son:

Los cochinos
El muchacho en la gaveta
Agú, Agú, Agú
El cumpleaños de Moira
Verde, Violeta y Amarillo
Bola de mugre
La princesa vestida con una bolsa de papel
El papá de David
El avión de Angela
La estación de los bomberos
La cola de caballo de Estefanía
¡Tengo que ir!
Traje de nieve de Tomás
Jonathan limpió... luego un ruido escuchó
Mortimer
La sorpresa del salón
50 grados bajo cero